Gudrun Mebs

Birgit, eine Geschichte vom Sterben

GUDRUN MEBS

Birgit,

eine Geschichte vom Sterben

BÜCHERGILDE GUTENBERG

Lizenzausgabe für die Büchergilde Gutenberg,
Frankfurt am Main, Olten, Wien,
mit freundlicher Genehmigung
des Basis Verlags, Berlin

Umschlag Wolfgang Rudelius, Friedberg
Satz Basis Verlag
Druck Dürschlag, Berlin
Printed in Germany 1985
ISBN 3 7632 3026 2

für Birgit

Es hat alles ganz lustig angefangen. An einem Morgen, ich glaub', das war vor drei Wochen oder so, da ist die Birgit aufgewacht und hat geschielt. Das hat so lustig ausgesehen, und ich hab' gelacht, und die Birgit hat auch lachen müssen, als ich ihr den Spiegel vorgehalten hab'.

Die Mama, die hat aber nicht gelacht, die ist gleich furchtbar erschrocken und hat den Papa angerufen und den Kinderarzt, und dann hat sie gesagt, daß wir heute nicht in die Schule gehen müssen, weil sie gleich mit der Birgit zum Kinderarzt kommen soll, und der Papa kommt auch hin, und ich soll zur Frau Müller. Die wohnt unter uns und ist sehr lieb und paßt manchmal auf mich auf. Und auf die Birgit auch. An dem Tag hat sie aber nur auf mich aufpassen müssen, zum Kinderarzt hab' ich nicht mitgehen dürfen, und die Birgit ist auch nicht gerne gegangen. Aber die Mama hat gesagt, sie muß, weil sie so komisch schielt. Und die Birgit hat noch gejammert, weil doch Turnen war und Zeichnen, ihre Lieblingsfächer.

Und ausgerechnet heute muß sie schielen, hat sie noch gesagt. Und dann sind sie gegangen und haben mich bei der Frau Müller abgegeben, und die hat sich gefreut und hat mich zum Einkaufen mitgenommen. Aber es war nicht so lustig wie sonst, weil – irgendwas war komisch.

Ich habe lange bei der Frau Müller bleiben müssen. Bis beinahe Nachmittag. Dann hat mich der Papa abgeholt, nicht die Mama. Das hat mich schon gewundert. Der Papa hat ernste Augen gehabt und hat sich bei der Frau Müller bedankt. Dann sind wir zu uns in die Wohnung gegangen, und ich hab' gleich nach der Mama und der Birgit gefragt, und da hat der Papa gesagt, er muß mit mir reden. Das hat mir nicht gefallen. Der Papa hat dann ganz schnell geredet. Er hat gesagt, die Birgit ist im Krankenhaus, und die Mama ist bei ihr. Und dann hat er gesagt, die Birgit, die ist sehr krank, das hat der Kinderarzt festgestellt, und die Ärzte im Krankenhaus haben das auch gesagt, und daß die Birgit bald sterben muß. Und dann hat der Papa geweint, und ich habe gefragt: „Warum?“ Und der Papa hat mich auf den Schoß genommen und hat wieder ganz schnell geredet und hat gesagt, die Ärzte haben einen Tumor bei der Birgit im Kopf festgestellt. „Was ist das?“ habe ich gefragt. Der Papa hat mir's erklärt. Ein böses Gewächs, was wächst und wächst und die Birgit nicht leben läßt. Das hat mich gewundert. Einen Tumor im Kopf. Wir haben doch alle was im Kopf. Die Mama sagt oft zu mir: „Du hast bloß Quatsch im Kopf“, und ich kann doch gut damit leben. Der Papa hat gesagt, ein Tumor, das ist was anderes, was ganz Schlimmes, daran stirbt man. Und dann hat er wieder geweint, und ich habe bloß gehofft, die Mama kommt bald, weil der Papa so weint. Ich hab' da alles noch nicht richtig verstanden.

Die Mama ist dann gekommen, aber ziemlich spät, und keiner hat Abendbrot essen wollen. Nur mir haben sie einen Kakao gemacht und ein Käsebrot. Das hat mir aber nicht geschmeckt. Die Birgit ist nicht mitgekommen mit der Mama, aber soviel habe ich verstanden, die Birgit ist ja im Krankenhaus. Die Mama hat es mir dann nochmal erklärt und mir auch gesagt, wo das Krankenhaus ist, und dann hat sie noch gesagt, daß die Birgit operiert wird. Sie schneiden der Birgit den Kopf auf und wollen den Tumor rausholen. Das ist doch einfach. Dann ist er doch weg. Aber der Papa hat gesagt, so einfach ist das nicht. Der Tumor, das ist Krebs, und er wird immer weiter wachsen, bis die Birgit stirbt, weil er nicht will, daß die Birgit leben bleibt. Ich hab' immerzu an die Operation denken müssen. Das muß doch ganz einfach sein. Sie schneiden ein Loch in den Kopf von der Birgit, dann holen sie den Krebs heraus, und dann nähen sie die Birgit wieder zu. Dann muß sie noch eine Weile still liegen und sich ausruhen, und dann kann sie wieder nach Hause kommen, und dann ist sie gesund. Das habe ich geglaubt. Ich hab' das auch der Mama und dem Papa gesagt, und die haben sich angeschaut und nichts gesagt. Dann haben sie mich ins Bett geschickt. Ich habe nicht einschlafen können. Ich hab' immerzu an den Krebs in dem Kopf von der Birgit denken müssen. Ob der sich bewegt? Ob das weh tut? Die Mama hat gesagt, die Birgit schläft jetzt. Aber wenn in meinem Kopf ein Krebs wäre, dann würde ich bestimmt nicht schlafen.

Ich bin dann doch eingeschlafen und am nächsten Morgen mit einem komischen Schrecken im Bauch aufgewacht und hab' erst gar nicht gewußt, warum. Dann ist es mir wieder eingefallen. Wie ich nämlich zum Bett von der Birgit rübergeschaut habe, da war das Bett leer, und da habe ich wieder alles gewußt. Ich bin schnell aufgestanden und in die Küche gelaufen. Da hat der Papa vor einem Kaffee gesessen, und die Mama war nicht da. Ich hab' nach der Mama gefragt, und der Papa hat gesagt, die Mama ist in die Klinik zur Birgit, schon ganz früh, damit sie nicht so alleine aufwachen muß. Und dann hat der Papa gefragt, was ich zum Frühstück will, und ich habe ihm gesagt, daß er sich nicht darum zu kümmern braucht. Das kann ich längst selber. Aber Hunger habe ich nur ganz wenig gehabt. Der Papa auch nicht. Er hat sich Sorgen gemacht, und ich mir auch.

Mittags nach der Schule bin ich zur Frau Müller gegangen, weil ja die Mama nicht da war, um Mittagessen zu kochen. Das hat dann die Frau Müller für mich gemacht. Die hat sich auch Sorgen gemacht. Und hat mir meine Lieblinsgsspeisen gekocht.

An dem Tag haben sie die Oma kommen lassen. Aus dem Spessart, da wohnt sie nämlich. Die Oma hat jetzt für mich sorgen sollen, weil die Frau Müller ja nicht immer Zeit hat. Ich denke, daß ich mich gut selber versorgen kann, aber Papa hat gesagt, es ist ihm lieber so, und die Oma ist ja auch lieb. Ist sie auch, bringt mir und der Birgit immer was mit und spielt mit uns und liest vor, damit wir nicht so viel fernsehen. Die Oma ist sonst lustig, aber jetzt war sie gar nicht lustig. Als ich aus der Schule gekommen bin, da hat die Oma schon im Wohnzimmer gesessen und hat mit dem Papa geredet, aber gar nicht viel. Und beim Mittagessen hat die Oma mir zugelächelt, aber so, als würde sie mich gar nicht richtig sehen. Ich habe mich nicht getraut, nach der Mama und der Birgit zu fragen. Auch später nicht, als die Oma und ich zusammen abgewaschen haben. Die Oma hat nach der Schule gefragt, aber was gibt es da schon zu erzählen. Ich habe ja noch nicht einmal einen Entschuldigungszettel für die Birgit mitnehmen müssen, weil der Papa gesagt hat, er ruft selber an in der Schule. Birgits Lehrerin habe ich nicht getroffen, sonst hätte die doch bestimmt was gesagt.

Die Oma hat mit mir in den Zoo gehen wollen. Ich wollte nicht in den Zoo. Ich hab' gesagt, daß ich ganz viel Hausaufgaben machen muß. Und dann hab' ich in unserem Kinderzimmer gesessen und habe das Rechenbuch, das Lesebuch und die Zeichenmappe aufgeschlagen, als Tarnung für die Oma. Und heimlich habe ich mir das Lexikon aus Papas Arbeitszimmer geholt, als die Oma grad' auf dem Klo war, und hab' nachgelesen, was bei „K“ steht, bei „Krebs“. Da stand: „Volkstüml. Bez. für bösartige Geschwülste.“ Was sollte denn das heißen? Das hab' ich nicht verstanden, doch, halt – bösartig, das verstand ich. Bösartig heißt: es ist was Böses. Mama sagt manchmal, wenn ich schlechte Laune habe: „Du bist aber heute ausgesprochen bösartig" – also, das muß was Schlimmes sein. Aber „Volkstüml. Bez.", das wußte ich nicht. Vielleicht ist das auch nicht so wichtig. Noch was stand da: „Wucherung eines sich ohne Rücksicht auf Organgrenzen ausbreitenden Gewebes." Wucherung ... weiß ich auch nicht ... ohne Rücksicht ... das verstand ich wieder, das hat gestimmt, die Birgit ist ohne Rücksicht krank geworden. Aber was dann kam, habe ich wieder nicht gewußt. Was sind denn „Organgrenzen"? Und dann stand da noch: „bilden Tochtergeschwülste." Und dann kamen lauter Fremdworte, die konnte ich noch nicht einmal lesen. „Tochtergeschwülste" ... die Birgit ist eine Tochter, das weiß ich, aber ich bin auch eine. Die Birgit ist krank, und ich aber nicht. Und ein Geschwülste, das sind wir beide nicht, da war ich ganz sicher, das hatte ich noch nie gehört. Da hat aber noch viel mehr gestanden, das konnte ich alles nicht verstehen, das war für Erwachsene. Ich wollte an dem Abend mal den Papa fragen.

Und dann hab' ich meine Rechenaufgaben gemacht. Die Oma hat beim Mittagessen gesagt: „Das Leben geht weiter". Vielleicht hat sie damit auch meine Hausaufgaben gemeint?

Zum Abendessen ist die Mama zusammen mit dem Papa heimgekommen, und die Mama war ganz aufgeregt und hat gesagt: „Morgen wird die Birgit operiert", und der Papa hat nichts gesagt, nur genickt. Die Oma war auch aufgeregt, und keiner hat richtig was essen wollen, und da habe ich auch keinen Hunger mehr gehabt. Nach dem Abendessen haben sie mich gleich ins Bett geschickt. Ich durfte noch lesen, fernsehen nicht mehr, weil Papa und Mama und die Oma reden wollten. Über die Operation wahrscheinlich. Ich wollte auch gerne über die Operation reden, aber ich habe mich nicht getraut zu fragen, weil alle so ernste Augen gehabt haben. Dem Papa habe ich noch schnell zugewispert, er soll nachher nochmal in mein Zimmer kommen. Und er hat genickt, aber er hat mich wahrscheinlich gar nicht verstanden. Ich war gespannt, ob der Papa noch kommt. Das Lexikon habe ich behalten, das habe ich unter Birgits Kopfkissen versteckt, da war ja jetzt Platz...

Der Papa ist doch noch gekommen, aber da war ich schon beinahe eingeschlafen. Er hat „mein Mädchen“ gesagt und mich an sich gedrückt und die Bettdecke glattgestrichen und mir einen Kuß gegeben, und ich habe genau gemerkt, er guckt überhaupt nicht rüber zum Bett von der Birgit. Er ist dann ganz schnell und leise wieder gegangen, und ich bin eingeschlafen. Und hatte ganz vergessen, nach dem „Krebs“ zu fragen. Morgen wollte ich den Papa fragen.

Als ich am nächsten Morgen aufgewacht bin, habe ich gar nicht mehr zu Birgits Bett rüberschauen müssen, da habe ich schon gewußt, daß sie nicht da ist. Die zweite Nacht ohne Birgit. Hoffentlich dauerte das nicht so lange. Die Birgit hat sonst immer so im Schlaf geschnauft, und morgens hat sie mir immer die Decke weggezogen und „Langschläfer“ zu mir gesagt. Das ist schon sehr störend. Aber wenn mir niemand die Decke wegzieht, ist es mir auch nicht recht. Und schnaufen tut nachts nun auch niemand mehr. Ich wünschte, die Birgit wäre wieder da.

Ich bin noch eine Weile liegen geblieben und habe überlegt, ob ich wohl heute in die Schule muß, wo doch die Birgit operiert wird. Und dann ist mir eingefallen, daß ich ganz vergessen habe zu fragen, wann die Birgit denn operiert wird und wie lange das dauert. Und wie ich noch überlegt habe, ist die Oma reingekommen, hat mich umarmt und aus dem Bett gehoben, als wäre ich ein Baby, und sie hat mich hin und her geschaukelt, und dann hat sie mich wieder abgesetzt und hat gesagt: „Dein Frühstück steht in der Küche“, und sie ist rasch raus auf den Flur und hat sich neben das Telefon gesetzt. Ich habe sie gefragt, ob sie nicht mit mir frühstücken will, und sie sagt, nein, sie muß das Telefon bewachen, weil doch jetzt die Birgit operiert wird, und jede Minute kann der Papa anrufen oder die Mama und sagen, wie's gewesen ist. Und sie frühstückt heute nicht, sie sitzt neben dem Telefon.

Und da ist sie sitzen geblieben, und da hat sie noch gesessen, als ich aus der Schule zurückgekommen bin. Ich hab' nämlich doch in die Schule müssen, weil die Oma meinte, ich sei ja gesund. Und wie sie das gesagt hat, da hat das beinahe so geklungen, als wäre sie mir böse, daß ich gesund bin und die Birgit krank. Die Birgit ist nämlich ihr Herzensschatz, das wußte ich schon lange. Mich hat es eigentlich nicht gestört, aber an dem Tag hat es mich doch gestört. Und außerdem hab' ich es schon ein bißchen gemein gefunden, weil der Papa ja auch nicht zur Arbeit ging, sondern bei der Birgit mit der Mama gewacht hat. Und es war sowieso alles drunter und drüber bei uns. Ich bin dann halt doch in die Schule gegangen, weil man gegen die Oma nichts machen kann, und in der Schule war's dann auch ganz schön. Weil die alle gewußt haben, daß die Birgit Krebs hat und operiert wird und daß das was ganz Schlimmes, Furchtbares ist. Die Klassenlehrerin, die Frau Weller, hat es ihnen erzählt, und sie hat leise und ernst gesprochen und was von „Rücksicht" gesagt, und alle haben mich angeschaut, und ich bin mir vorgekommen wie was Besonderes. Die eklige Rechenaufgabe habe ich ganz falsch gelöst, aber die Frau Weller war ganz milde und hat gesagt, es macht nichts, und die anderen haben mich neidisch angestarrt. Weil's bei ihnen schon was macht, wenn sie die Rechenaufgabe falsch lösen, aber sie haben ja auch keine kranke Schwester im Krankenhaus. Da war die Birgit schon ein Vorteil. Und Hausaufgaben kriege ich auch keine auf, hat die Frau Weller gesagt, weil man mich jetzt schonen muß. Ich habe das nicht ganz verstanden, ich bin doch nicht krank, sondern die Birgit, aber es ist schon sehr angenehm, keine Hausaufgaben machen zu müssen.

Und so bin ich ganz vergnügt aus der Schule heimgekommen, wo die Oma noch immer neben dem Telefon gesessen ist. Das Mittagessen hat sie sicher vergessen, habe ich mir gedacht, aber es macht nichts, esse ich eben ein Brot. Die Oma hat wenig gesagt, eigentlich gar nichts, sondern nur immerzu das Telefon angestarrt und dabei geseufzt, und da habe ich gewußt, daß der Papa noch nicht angerufen hat und daß die Birgit immer noch operiert wird. Oder haben sie noch gar nicht angefangen? Ich habe gefragt, und die Oma hat bloß trübe gesagt: „Immer noch", und da bin ich ziemlich erschrocken. Ich habe nachgerechnet. Von heute früh bis jetzt, das sind ja beinahe fünf Stunden. Was machen die denn da so lange mit der Birgit? Ich habe die Oma gefragt, und die hat bloß wieder geseufzt und gesagt: „Ich weiß doch auch nicht, Kind." Ich hab' mir Vorwürfe gemacht, daß ich am Abend vorher den Papa nicht doch noch gefragt habe, der hätte es mir sicher erklären können, wie das ist bei der Operation. Nun wußten wir gar nichts, die Oma und ich. Und ich habe meinen Schemel geholt und mich neben die Oma gesetzt, und wir haben nichts gesagt und gewartet. Ich habe schon Hunger gehabt, aber ich habe mich nicht getraut, aufzustehen und in der Küche ein Marmeladenbrot zu schmieren. Ich habe die Oma nicht so alleine warten lassen wollen.

Wir sind beinahe eine Stunde neben dem Telefon gesessen. Die Oma hat ab und zu geseufzt, und ich habe nachgedacht, wie das ist – Operation. Ob das weh tut? Ich glaub' nicht, man wird da nämlich vorher eingeschläfert, dann merkt man nichts. Aber richtig vorstellen kann ich mir das nicht. Wenn ich nämlich zum Beispiel schlafe, und jemand schneidet mir in den Finger, davon wache ich doch ganz bestimmt auf. Da bin ich sicher, weil das nämlich so weh tut, daß man davon aufwacht. Und bei der Birgit ist das doch nicht anders. Im Gegenteil, die ist nämlich ganz schön wehleidig. Beim kleinsten Kratzer führt die sich nämlich auf. Wenn die wüßte, daß man ihr den Kopf heute aufschneidet, du liebe Zeit. Sie weiß es aber, glaube ich, nicht. Die haben ihr das bestimmt nicht erzählt, weil sie doch so wehleidig ist. Aber was haben sie ihr dann erzählt? Haben sie ihr überhaupt was erzählt? Die Birgit muß sich doch wundern, daß sie plötzlich im Krankenhaus ist und furchtbar krank sein soll, bloß weil sie ein bißchen schielt. Vielleicht hat ihr der Papa das mit dem Krebs aber auch genau erklärt. Vielleicht. Ich kann mir vorstellen, daß die Birgit ganz schön Angst hat. Wir waren ja noch nie in einem Krankenhaus. Bloß als Babys, aber daran kann man sich ja nun wirklich nicht mehr erinnern. Nur gut, daß Papa und Mama bei der Birgit sind, dann ist ihr doch nicht so unheimlich.

Und da ist mir plötzlich eingefallen, ihr Schlaflamm – sie hat ihr Schlaflamm vergessen. Ohne Schlaflamm schläft die Birgit aber nicht, auch wenn die Mama meint, für ein Schlaflamm wäre die Birgit aber nun wirklich bald zu groß. Ich finde das auch. Ich schlafe schon lange ohne meinen Hasen, und ich bin immerhin ein ganzes Jahr und zwei Monate jünger als die Birgit. Aber jeder ist eben anders, und wenn die Birgit halt ihr Schlaflamm haben will, soll sie doch. Tut doch niemandem weh.

Die Birgit hat ihr Schlaflamm in der Hetze vergessen gehabt. Ich habe einen Kloß in den Hals gekriegt, bin aufgestanden und leise in unser Zimmer geschlüpft und habe das Schlaflamm geholt, mich wieder neben die Oma gesetzt und das Lamm auf dem Schoß gehalten und es ein bißchen gestreichelt. Armes Lamm, arme Birgit, und die Oma hat mir auch so leid getan. Beinahe hab' ich das Heulen gekriegt. Aber da hat das Telefon geklingelt. Die Oma und ich sind zusammengestoßen, weil jeder zuerst nach dem Hörer hat greifen wollen. Die Oma hat ihn erwischt und hineingehorcht und hat gewispert: „Ja ... ja ... ja ... ja ... ach Gott ... ja“, und ich hab’ mitgehorcht und konnte nicht rauskriegen, ob’s der Papa oder die Mama ist und was sie sagen. Endlich hat die Oma den Hörer wieder aufgelegt und mich angeschaut und gesagt: „Die Operation ist gut verlaufen, gottseidank!“ und hat sich wieder hingesetzt, neben das Telefon. Aus Erleichterung, nehme ich an. Jetzt hat sie ja nicht mehr warten brauchen. Ich habe viel mehr wissen wollen, aber die Oma hat bloß immer wiederholt: „Gottseidank – die Operation ist gut verlaufen, gottseidank.“ Aus der Oma war nichts anderes rauszukriegen, und ich hab’ beschlossen, auf Papa und Mama zu warten, weil die mir sicher mehr erzählen können. Und das Schlaflamm, das wollte ich unbedingt der Mama morgen mitgeben, oder noch besser, ich wollte es selber der Birgit bringen. Wo doch die Operation gut verlaufen war, durfte ich sie sicher besuchen. Vielleicht morgen schon. Und ich hab’ angefangen, mich darauf zu freuen.

Aus dem Besuch war aber noch nichts geworden. Am Abend ist nur der Papa heimgekommen. Nicht die Mama. Die war bei der Birgit und hat auf sie aufgepaßt. Ich hätte nun schon gerne mal wieder die Mama gesehen, aber ich hab' schon verstanden, daß sie nun so oft bei der Birgit war. Wenn ich krank wäre, täte sie sicher auch bei mir am Bett sitzen, aber ein bißchen traurig war ich trotzdem. Auch, weil der Papa gesagt hat, ich darf die Birgit nicht besuchen, weil gesunde Kinder überhaupt nicht ins Kinderkrankenhaus rein dürfen. Das habe ich nicht gewußt. Der Papa hat gesagt, die Infektionsgefahr ist zu groß. Das habe ich nicht verstanden, und er hat mir erklärt, wenn ich Schnupfen habe und die Birgit anstecke, wo die doch jetzt so krank ist, dann ist das für sie besonders schlimm. Ich habe aber gar keinen Schnupfen gehabt. Aber der Papa hat gesagt, das ist die Vorschrift. Da kann man nichts machen. Nun mußte doch die Mama das Schlaflamm der Birgit bringen, und ich hätte es ihr so gerne selber gegeben. Und ich hätte auch gerne gesehen, wie die Birgit aussieht. Sicher hatte sie einen dicken Wickel um den Kopf, wie ein Turban im Kinderfasching. Ich wollte den Papa eigentlich danach fragen, aber er hat beim Abendessen wieder beinahe nichts gegessen, obwohl die Oma Krautwickel, sein Lieblingsgericht, gekocht hat. Er hat im Teller herumgestochert wie ich manchmal, und hat auch nichts geredet. Die Oma hat immerzu nach der Operation gefragt, und ob sie wirklich gut verlaufen ist. Und der Papa hat bloß genickt und dabei so ernste Augen gehabt, daß ich glaube, er hat geschwindelt. Wenn die Operation gut verlaufen ist, dann wird doch die Birgit bald wieder gesund. Man kriegt einen Krebs in den Kopf, man wird krank, man wird operiert, der Krebs ist raus, und man wird wieder gesund. So ist das doch. Oder nicht? So ist es eben nicht. Als ich nämlich nach dem Abendessen den Papa gefragt habe, ganz vorsichtig, da hat er gesagt, der Krebs ist raus aus dem Kopf von der Birgit, aber er hat vielleicht schon viele andere kleine Krebse in der Birgit verteilt, und die fangen an zu wachsen, und man weiß noch nicht, wo. Und dann hat er noch gesagt, ganz kriegt man den Krebs nicht weg, nie und niemals, und man kann vielleicht nur ein bißchen hoffen. Die Oma war dabei, wie er mir das erzählt hat, und sie hat gleich sehr zu weinen angefangen und zum Papa gesagt „mein armer Bub", was sie sonst beinahe nie tut. Und dem Papa sind die Tränen aufgestiegen, das habe ich genau gesehen, und da bin ich leise aus dem Zimmer geschlichen.

Ich habe mich auf mein Bett gesetzt und das Bett von der Birgit betrachtet. Jetzt hab' ich gewußt, daß die Birgit bestimmt noch lange im Krankenhaus bleiben muß. Bis sie die anderen Krebse gefunden haben. Und wenn sie so lange dort bleiben muß, dann muß sie unbedingt ihr Schlaflamm haben. Und ich bin schnell rausgelaufen zum Papa, mit dem Schlaflamm unterm Arm, und habe ihm gesagt, daß er das der

Birgit geben muß, weil sie sonst nicht schlafen kann. Und das war, glaube ich, falsch. Denn der Papa hat richtig zu weinen angefangen, hat das Schlaflamm an sich gedrückt und sich weggedreht und die Arme auf den Tisch gelegt und geschluchzt. So habe ich den Papa noch nie gesehen. Die Oma ist ganz still gewesen, hat auch gar nicht mehr „mein armer Bub“ gesagt, sondern mich aus dem Zimmer geschoben und die Tür zugemacht. Da bin ich wieder in unser Zimmer gegangen, das war jetzt mein Zimmer. Mindestens ein paar Tage lang. Ich habe mir schon immer ein eigenes Zimmer gewünscht, weil doch die Birgit nachts so schnauft und überhaupt so laute Spiele spielt, wenn ich grad' lesen will. Aber da hab' ich mich gar nicht gefreut, daß ich ein eigenes Zimmer habe. Es war so still ... und ich hab' immerzu zu Birgits Bett rübergucken müssen, und eigentlich hätte ich jetzt gerne ihr Schlaflamm oder meinen alten Hasen gehabt, aber der ist irgendwo vergraben, den finde ich nicht mehr. Und ich hab' gewünscht, die

Mama kommt heim. Oder die Birgit, oder am besten alle beide, und es ist wieder so wie früher.

Vielleicht hat der Papa gemerkt, daß ich so traurig bin, denn er ist plötzlich im Kinderzimmer gestanden, mit dem Schlaflamm im Arm, und er hat gesagt, traurig sein hilft der Birgit nicht, und daß wir jetzt alle ganz fest zusammenhalten müssen und lieb sein. Und dann hat er gesagt, ich darf der Birgit das Schlaflamm doch selber bringen. Wahrscheinlich über-übermorgen. Und er wird schon Wege finden, mich ins Krankenhaus einzuschmuggeln. Da habe ich mich gefreut. Das hat spannend geklungen: einschmuggeln. Ich war gespannt, wie er das machen wollte ... und dann hat er mir einen Gutenachtkuß gegeben, und die Oma ist auch noch mal gekommen, und wir haben uns alle umarmt. Dann hat sich die Oma zu mir aufs Bett gesetzt, und wir haben zusammen gebetet, beinahe wie in der Kirche, oder nein, wie früher, als die Birgit noch klein war und ich auch. Und ich hab's noch ganz gekonnt: „Breit aus die Flügel beide, o Jesus, meine Freude, und nimm dein Küchlein ein“. Da weiß ich noch, da haben wir immer gekichert, weil wir geglaubt haben, ein Küchlein ist ein kleiner Kuchen, und Jesus hat nun die Arme voller Kuchen und mag vielleicht davon naschen. Aber die Oma hat damals schon gesagt, daß das auf keinen Fall so ist, weil Küchlein Küken bedeutet, und das sind Babyhühner. Und da haben die Birgit und ich noch mehr gekichert, weil nun der liebe Jesus die Arme voller kleiner Hühner hat, und die hüpfen ihm dauernd weg. Aber die Oma ist dann streng geworden und hat einfach weitergebetet: „... und nimm dein Küchlein ein. Will Satan mich verschlingen, so laß die Englein singen, dies Kind soll unverletzet sein.“ Und das haben die Birgit und ich immer zusammen mitgesprochen: „Dies Kind soll unverletzet sein“. Und jede von uns hat geglaubt, daß sie damit gemeint ist, und daß das doch schön ist, wenn jemand wünscht, dies Kind soll sich nicht verletzen.

An dem Tag hab' ich ganz leise gesagt: „Die Birgit soll unverletzet sein", weil ich's ja nicht so brauchte. Ich bin ja unverletzt. Dann ist die Oma gegangen, und ich wollte schnell einschlafen. Das ging aber nicht, weil ich immerzu an das Gebet denken mußte, und dann habe ich es mir noch einmal hergesagt, und dann ist mir eingefallen, daß ich es ja ganz passend auf die Birgit machen kann, nicht bloß die letzte Zeile: „Breit aus die Flügel beide, o Jesus, meine Freude, und nimm die Birgit ein, will der Krebs sie verschlingen, so laß die Englein ..." Englein, nein, nicht die Englein, vielleicht die Ärzte, die sind doch jetzt dafür zuständig, also: „... so laß die Ärzte singen, die Birgit soll unverletzet sein." Das hat mir gut gefallen.

Am nächsten Morgen ist die Mama immer noch nicht gekommen, wahrscheinlich hat sie jetzt bei der Birgit im Krankenhaus gewohnt. Ihre Morgenpantoffeln hat sie nämlich mitgnommen, ich habe nachgeschaut. Und ihre Zahnbürste auch. Die Oma war lieb und hat mit mir richtig gefrühstückt, und der Papa hat mir einen Zettel hingelegt, da hat draufgestanden „Guten Morgen! Ich wünsche Dir einen schönen Tag, und lache mal wieder, und heute Abend sehen wir uns. Gruß, Dein Papa." Das hat mich gefreut, und ich habe den Zettel mit in die Schule genommen. Vielleicht wollte ich ihn ja herzeigen, aber das wußte ich noch nicht.

Bald durfte ich die Birgit sehen, der Papa wollte mich ins Krankenhaus einschmuggeln. An dem Tag war Handarbeit, das habe ich so gerne, weil wir da Kasperlesköpfe machen, und meine Gretel ist schon beinahe fertig.

Am nächsten Tag durfte ich mit ins Krankenhaus. Ich hab' die neuen Jeans angezogen, und dem Schlaflamm habe ich eine rote Schleife um den Hals gebunden. Und dann ist der Papa gekommen und hat mich abgeholt. Er hat gesagt, ins Zimmer zur Birgit darf ich nicht, oder vielleicht bloß so ganz kurz, aber durch die Glasscheibe darf ich gucken. Die Birgit liegt nämlich in so einem Zimmer mit einer Glasscheibe davor, damit die Krankenschwestern auch im Vorbeirennen auf dem Flur rasch zu ihr reinschauen können, ob sie was möchte. Das ist doch praktisch.

Ich war ganz aufgeregt. Im Krankenhaus hat es so komisch gerochen, und alles war weiß angestrichen. Nur in der Kinderabteilung, da hängen bunte Plakate auf dem Flur und Bilder, die Kinder gemalt haben. Das hat mir gleich gefallen. Und dann sind wir zum Zimmer von der Birgit gekommen, und der Papa hat mich hochgehoben, damit ich durch die Scheibe gucken kann, und als erstes habe ich die Mama gesehen, und sie hat gelacht und mir zugewunken. Und dann habe ich die Birgit gesehen. Die Birgit hat keine Haare mehr gehabt. Das hat mir keiner gesagt. Sie ist in einem Gitterbett gelegen, in einem rosa Schlafanzug und ganz ohne Haare. Ich bin ziemlich erschrocken. Da hat der Papa die Tür aufgemacht und mich schnell reingeschoben ins Zimmer, und da kam die Mama auf mich zu und hat mir einen Kuß gegeben und zur Birgit gesagt: „Da schau, du hast Besuch, freust du dich?" Und ich bin vor dem Bett von der Birgit gestanden und hab' gar nichts sagen können. Die Birgit hat so anders ausgeschaut. Ganz fremd. Und sie hat mich angeschaut und gegrinst, und das hat auch ganz komisch ausgeschaut, wie sie da so kahlköpfig gegrinst hat. Ich hab' immer noch nichts sagen können und bloß immerzu gestarrt. Und der Papa hat mich um die Schulter genommen und der Birgit über die Backen gestreichelt und gesagt: „Wie geht's uns denn heute, mein Schatz?", und die Birgit hat gesagt: „Gut", und da bin ich rausgeplatzt: „Aber die Haare!“ „Die wachsen wieder, gell, Birgit“, hat da schnell die Mama gesagt und mich streng angeschaut. Und die Birgit hat genickt und „hallo, du“ zur mir gesagt, und die Stimme war genau wie immer. Da war ich froh. Ich habe ihr das Schlaflamm auf die Bettdecke gelegt und gesagt: „Da, ich hab’ dir dein Lamm mitgebracht.“ Die Birgit hat den Kopf gedreht, da habe ich das Pflaster an ihrem Hinterkopf gesehen, und das war ein ganz normales Pflaster, wie ich’s auf die Knie kriege, wenn ich hingeflogen bin. Das hat mich irgendwie beruhigt. Die Birgit hat wieder gegrinst und das Schlaflamm festgehalten. Und da habe ich mich schon beinahe an ihren Kahlkopf gewöhnt gehabt.

Der Papa hat mich dann rausgezogen aus dem Zimmer. Ich darf die Birgit nicht ermüden, hat er gesagt, und ich habe noch schnell Tschüß gewunken, und die Mama hat nur kurz genickt und sich gleich wieder zur Birgit gebeugt. Der Papa hat mich dann heimgebracht. Das ist ein ziemlich kurzer

Besuch gewesen. Aber ich war nun doch froh, daß ich die Birgit gesehen habe. Auch wenn ich mir's ganz anders vorgestellt habe. Aber das mit den Haaren, das hätten sie mir ruhig vorher sagen können. Dann hätte ich doch bestimmt die Birgit nicht so blöd angestarrt. Die mußte ja sonstwas von mir denken. Das ist sie von mir nämlich nicht gewöhnt. Wenn mich was wundert, dann sag' ich das nämlich.

Die Oma hat mich gleich über die Birgit ausgefragt, und ich habe ihr alles erzählt und vielleicht noch ein bißchen was dazu. Ich war ganz schön stolz, weil die Oma nämlich noch nicht zur Birgit ins Krankenhaus gedurft hat.

Abends habe ich richtig Lust gehabt, was für die Birgit zu malen oder zu kneten, und hab' überlegt, ob ich ihr meine Gretel schenken soll. Aber die hat furchtbar viele Haare auf dem Kopf. Ganz gelbe lange Wollhaare, und dann wär' die Birgit vielleicht traurig, weil sie doch nun keine Haare mehr hat. Und bis sowas wächst, das dauert ja auch ganz schön lange. Und die Birgit hat doch so auf Zöpfe hingehofft. Lieber wollte ich ihr was malen. Vögel, die haben wenigstens keine Haare. Und dann bin ich ganz fröhlich eingeschlafen.

Dann ist eine Woche lang nichts Besonderes passiert. Ich hab' die Birgit nicht besuchen dürfen, weil dafür die Oma hingegangen ist, ins Krankenhaus, und der Papa hat gesagt, zuviel Besuch strengt die Birgit an, und sie muß sich doch erholen. Das habe ich verstanden. Ich habe aber immer was gemalt, und die Bilder hat die Oma mitgenommen und gesagt, die Birgit freut sich, und rings um ihr Bett herum an der Wand hängen meine Bilder, und es sieht lustig aus, weil ich so dicke, bunte Farben genommen habe.

In der Schule war auch nichts Besonderes, sie haben schon gefragt, wann denn die Birgit wiederkommt, aber das wußte man nicht. Sie haben auch gefragt, wie die Birgit jetzt aussieht, und ich habe ihnen von dem Glatzkopf erzählt und gesagt, sie dürfen auf keinen Fall lachen, wenn die Birgit wiederkommt und noch keine Haare hat, weil sie ja nichts dafür kann. Und es sieht auch gar nicht so schlimm aus, und wenn es doch schlimm aussieht und die Birgit sich vielleicht schämt, dann kann sie ja ein Mützchen aufsetzen, Mützen hat sie sowieso ganz gerne.

Ich habe auch schon angefangen, in der Handarbeitsstunde eine Mütze zu häkeln. Aber das ist nicht so gut gegangen, ich bin erst bei der dritten Reihe. Die Oma hat mir versprochen, sie hilft mir dabei. Und die Mama hat mir ausrichten lassen, sie findet die Idee mit der Mütze ganz toll. Die Mama habe ich beinahe überhaupt nicht mehr gesehen. Sie ist immer nur ganz kurz nach Hause gekommen und hat sich frische Wäsche geholt und die dreckige mitgebracht. Sie hat es immer sehr eilig gehabt, wieder ins Krankenhaus zu fahren. Und der Papa ist wieder zur Arbeit gegangen, und am Feierabend hat er die Birgit besucht und kam erst spät nach Hause. Aber ich habe ja die Oma, die ist wirklich lieb. Sie hat mir oft vorgelesen und Kinderlieder gesungen, weil ich das so gerne hab'. Und sie ist oft mit mir zum Eis essen gegangen, viel öfter als früher. Oder wir sind ins Kaufhaus gegangen, zum Kramen, das habe ich auch gerne.

Kaufen tun wir nichts, weil wir nichts brauchen, hat die Oma gesagt. Und dann sagte sie noch: „Gesundheit ist das höchste Gut“. Sicher hat sie gemeint, wenn man gesund ist, dann ist es gut, und das meine ich auch.

Wir haben auch Pläne gemacht, die Oma und ich, was wir machen,wenn die Birgit aus dem Krankenhaus kommt. Wir wollten dann feiern. Ich habe ein Schild gemalt und draufgeschrieben: „Herzlich willkommen!“. Die Oma hat gesagt, das macht man so. Und die Oma hat einen Kuchen gebacken. Streuselkuchen, den ißt die Birgit am liebsten. Ich eß den nicht so gerne, weil bei mir immer Streusel auf den Teppich fallen, und das mag die Mama nicht. Bei der Birgit fallen nie die Streusel runter, ich weiß auch nicht, wie sie das macht. Ja, und dann haben die Oma und ich ein Lied eingeübt, einen Kanon: „Froh zu sein bedarf es wenig, und wer froh ist, ist ein König“. Ich kann's schon beinahe. Und dann mußte ich das Mützchen fertig haben, die Oma hat mir dabei geholfen. Sie hat zwei Reihen gehäkelt, und dann ich wieder eine Reihe. Wir waren schon ziemlich weit. Eigentlich konnte die Birgit nun bald nach Hause kommen.

Aber an dem Abend ist was passiert. Der Papa hat die Oma aus dem Krankenhaus angerufen und gesagt, daß er nicht nach Hause kommt, weil es der Birgit schlechter geht. Er hat gesagt, die Birgit kann nicht mehr schlucken, und nun wird sie künstlich ernährt. Das hat mir die Oma erzählt. Und sie hat eine ganz leise Stimme gehabt und beim Singenüben nachher hat ihre Stimme gezittert. Da haben wir nicht mehr singen mögen. Sie hat mir dann erklärt, wie das geht, wenn man künstlich ernährt wird. Da wird ein dünner Schlauch durch die Nase geschoben, die Speiseröhre runter bis in den Magen, und am anderen Ende vom Schlauch hängt eine Flasche mit was Wäßrigem drin. Das ist konzentrierte Nahrung, hat die Oma gesagt. Das sieht nur aus wie Wasser, und dabei ist da alles drin, was die Birgit braucht, Vitamine und so. Ich hab' gedacht, daß das die Birgit doch vielleicht ganz gerne hat, wenn sie die Vitamine nun so bequem in die Nase getropft bekommt. Die ißt sie nämlich nicht gerne, die Vitamine. Die Mama sagt oft: „Eßt den Salat, da sind Vitamine drin". Birgit und ich mögen aber keinen Salat. Ich muß ihn jetzt essen, aber die Birgit kriegt ihn durch die Nase.

Ich habe ein bißchen lachen müssen, weil die Birgit nun auch Kartoffelbrei durch die Nase kriegt und Wiener Schnitzel, und das ist alles so verdünnt, daß man es nicht sieht. Aber die Oma hat gesagt, das ist nicht so, und die Birgit kriegt Astronautennahrung. Das essen die Astronauten, wenn sie zum Mond fliegen. Aber nicht durch die Nase. Weil die ja schlucken können. Die Oma hat gesagt, das ist eine ganz gehaltvolle Nahrung, und man kann sogar dick dabei werden. Da habe ich mir gedacht, daß das die Birgit aber lieber nicht werden will, die ist lieber dünn.

Ich habe das mit der Astronautennahrung gleich am nächsten Tag in der Schule erzählt, und die haben alle gestaunt. Die Birgit war jetzt die einzige von uns, die weiß, wie das schmeckt, was die Astronauten essen. Das war toll.

Als ich von der Schule heimgekommen bin, da ist der Papa bei der Oma in der Küche gesessen, und ich habe ihn gleich gefragt, ob ich nicht heute mit ins Krankenhaus kommen kann, weil, ich möchte gerne den Nasenschlauch sehen. Aber der Papa hat gesagt, es geht nicht, die Birgit ist zu schwach, und sie würde sowieso immerzu schlafen. Schade. Aber wenn's ihr wieder besser geht, darf ich nächste Woche hin, das hat er mir versprochen.

Der Papa ist dann wieder ins Krankenhaus gefahren, und dann war was Schlimmes. Der Papa hat am Abend die Oma angerufen, grade wie wir feste beim Häkeln waren, und hat gesagt, die Birgit kann nicht mehr richtig atmen. Der Krebs hat das Atemzentrum erreicht, hat er gesagt. Und dann noch, jetzt ginge wohl alles sehr schnell. Was, das hat er nicht gesagt. So hat es mir die Oma erzählt, und sie hat mich gleich ins Bett geschickt und auch nicht mehr mit mir gesungen. Sie hat gesagt, sie kann heute nicht singen.

Ich bin lange wachgelegen. Ich habe nicht einschlafen können. Ich hab' mir vorgestellt, wie das ist, wenn man nicht mehr atmen kann. Ich habe ganz lange den Atem angehalten und mitgezählt, auf zwanzig Sekunden bin ich gekommen, dann ist mir beinahe schlecht geworden. Ich habe es noch länger versucht. Ich hab' immer wieder Luft geholt und ganz lange den Atem angehalten, aber dann mußte ich wieder schnaufen, sonst wäre ich erstickt. Da habe ich mir vorgestellt, daß es jetzt ganz genauso der Birgit geht, sie will immer Luft holen, und es geht nicht, weil der Krebs drauf sitzt. Da habe ich geweint.

Als ich am nächsten Morgen aufgewacht bin, ist die Oma neben meinem Bett gesessen. Sie hat erst gar nicht gemerkt, daß ich wach bin, weil sie immerzu zum Fenster rausgesehen hat und so komisch dabei geguckt hat. Ich habe mich schon gewundert und laut „Guten Morgen, Oma“ gesagt. Da hat sie sich zu mir hergedreht und gesagt: „Heute Nacht ist die Birgit gestorben.“ Und wie sie das gesagt hat, da weinte sie auch schon und ist aus dem Zimmer gegangen. Ich bin liegengeblieben, und mir war ganz kalt. Ich habe es zuerst gar nicht richtig verstanden. Zuerst habe ich gedacht, vielleicht hat die Oma sich geirrt, das tut sie manchmal. Die Birgit hat doch gestern noch gelebt. Aber da ist mir das mit dem Atmen eingefallen, und da habe ich gewußt, die Oma hat sich vielleicht doch nicht geirrt. Wenn man nicht mehr atmen kann, dann kann man auch nicht mehr leben. Ich bin aufgestanden und habe die Oma gesucht. Die hat in der Küche gestanden und immer noch geweint und dabei immer dieselbe

Kaffeetasse ausgespült. Ich habe nach Papa und Mama gefragt, und die Oma hat gesagt, daß sie bald nach Hause kommen. Jetzt, wo die Birgit tot war, mußte niemand mehr bei ihr wachen. Ich wollte, daß Papa und Mama bald nach Hause kommen.

Ich mußte nicht in die Schule gehen, weil, heute haben wir einen Todesfall, wie die Oma sagt. Ich hab' in unserem Kinderzimmer gesessen und mir gewünscht, daß Papa und Mama bald kommen. Aber das hat gedauert. Wie die Birgit jetzt wohl aussieht? Vielleicht hat sie noch ihr Schlaflamm im Arm. Der Papa hat erzählt, das hat sie immer in der Hand. Ich war froh, daß sie ihr Schlaflamm hatte.

Wenn man tot ist, kommt man in einen Sarg. Die Birgit kam jetzt in einen Sarg. In einen für Kinder. Der ist nicht so groß, und der ist weiß, das wußte ich schon. Hoffentlich hat sie ihr Schlaflamm da mitnehmen dürfen. In so einem Sarg muß es ganz schön grauslich sein. So dunkel. Und dann wird sie in ein Grab kommen, und da kommt noch Erde drauf, dann ist es noch dunkler. Ich wollte nicht in so einem Sarg liegen, aber die Oma hat gesagt, das ist nicht so. Die Birgit ist gar nicht mehr in ihrem Körper drin. Ihre Seele ist in den Himmel geflogen. Aber wer ist dann die Birigt? Eine Körper-Birgit liegt im Sarg und eine Seelen-Birgit ist im Himmel. Gibt es zwei Birgits? Eine, die tot ist und sich nicht mehr bewegen kann und nicht mehr atmen, und eine, die fliegen kann? Was fliegt, das lebt, das kann man an den Vögeln sehen. Aber die Birgit war doch jetzt kein Vogel geworden.

Ich habe mir das überhaupt nicht vorstellen können. Wo war die Birgit jetzt? Ich wollte den Papa oder die Mama fragen, aber die kamen und kamen nicht nach Hause. Und dann ist mir eingefallen, die legen die Birgit vielleicht jetzt in den Sarg und die Mama klopft ihr die Bettdecke zurecht, und ich habe die Birgit überhaupt nicht mehr besuchen dürfen, und „tschüß, mach's gut" habe ich auch nicht mehr gesagt. Und plötzlich habe ich einen dicken Kloß in der

Kehle gehabt, und mir ist das Weinen gekommen. Ich habe aber nicht lange geweint, nur ein bißchen, weil ich nicht gewollt hab', daß die Oma es merkt, sonst wird sie noch trauriger.

Papa und Mama sind dann zusammen nach Hause gekommen. Der Papa hat überhaupt nichts gesagt, der ist gleich in sein Arbeitszimmer gegangen und hat die Tür zugemacht. Und wie ich durch das Schlüsselloch geschaut habe, heimlich, da hat er am Schreibtisch gesessen und nichts gemacht. Nur so vor sich hingeschaut. Da habe ich gewußt, den Papa darf man jetzt nicht stören. Die Mama hat auch wenig gesagt. Sie hat bei der Oma gesessen und ihre Hand gehalten und gesagt: „Die Birgit ist ganz ruhig eingeschlafen, sie hat einfach aufgehört zu atmen." Ich habe mich zur Mama gesetzt, und sie hat mich festgehalten, und ich habe mir gedacht, das mit dem Einschlafen, das kann nicht stimmen, denn wenn man einschläft, dann wacht man doch wieder auf, und die Birgit wacht nicht mehr auf, weil sie doch tot ist. Und das habe ich dann auch der Mama gesagt, aber da hat sie nur geschluchzt und mich noch fester an sich gedrückt. Die Mama war auch sehr traurig, die durfte man jetzt auch nicht stören.

Ich hab' mich dann leise davongeschlichen und bin ganz von alleine ins Bett gegangen. Abendessen hat niemand mehr wollen, ich auch nicht, aber ein bißchen Hunger hab' ich schon gehabt. Ich habe mir aus der Küche ein paar Kekse geholt, aber sie haben mir nicht geschmeckt. Weil, ich hab' dran denken müssen, wie die Birgit und ich uns manchmal heimlich nachts Kekse geholt haben. Dann haben wir geflüstert und gekichert und sind leise geschlichen, damit Papa und Mama nichts merken, und dann haben wir noch mehr kichern müssen, und die Kekse haben wir unter der Bettdecke gegessen. Und nun ißt niemand mehr mit mir unter der Bettdecke Kekse. Alleine macht das keinen Spaß. Und da habe ich gedacht, daß ich mich jetzt daran gewöhnen muß, und daß die Birgit nie wieder mit mir zusammen unter der Bettdecke Kekse essen wird. Und ich habe beschlossen, dann will ich es auch nicht mehr tun. Alleine macht es eben keinen Spaß.

Aber dann ist mir eingefallen, die Spielsachen von der Birgit und die Kleider, die kann ich jetzt auch alle haben. Und das Zimmer gehört mir nun für immer alleine. Aber in die Kleider von der Birgit, da passe ich ja noch gar nicht rein. Bloß das rote T-shirt, das möchte ich gerne haben, das gefällt mir so gut. Aber die Spielsachen ... das meiste hat uns ja sowieso zusammen gehört, da macht es keinen Unterschied ... und im Zimmer habe ich ja nun auch schon so lange alleine geschlafen, daran habe ich mich schon beinahe gewöhnt, und es ist auch ganz angenehm. Nun kann ich alles rumschmeißen, und die Birgit schimpft nicht. Die hat sonst immer geschimpft und gesagt: „Kleine Schwestern, ekelhaft“. Das sagt jetzt niemand mehr. Aber wenn es so ist, wie die Oma sagt, und die Birgit fliegt als Seele herum, dann kann sie es vielleicht doch sehen, und dann ärgert sie sich. Dann ist es vielleicht doch besser, ich schmeiße keine Sachen von ihr rum, auch wenn die jetzt mir gehören.

Aber dann ist die Mama gekommen, und ich habe ihr erzählt, daß ich Bange habe, jetzt Birgits Sachen rumzuschmeißen und daß ich mich ein bißchen vor der Seele von der Birgit fürchte, weil die doch alles sieht. Und da hat sie gesagt, so ist es nicht. Die Birgit, die ist gestorben auf immer, und sie lebt jetzt nur weiter, wenn wir ganz fest an sie denken und sie nie vergessen und uns oft an sie erinnern. Wie sie ausgesehen hat und was sie gesagt hat und was sie gerne gehabt hat und was nicht. Mama hat gesagt, so ist die Birgit immer bei uns, auch wenn wir sie nicht sehen können, wir spüren sie vielleicht. Das fand ich gut. Ich wollte, daß ich oft die Birgit spüre, und die Mama hat gesagt, ich kann auch mit ihr reden, wenn ich will. Ich muß nur fest an sie denken. Wenn das so war, dann wollte ich das gleich am nächsten Tag ausprobieren. Jetzt war ich zu müde. Der Papa ist nicht mehr zum Gutenachtkuß gekommen. Mama hat gesagt, der Papa ist so schlimm traurig, daß er jetzt allein sein muß und niemanden sehen möchte. Auch mich nicht. Aber ich hab' gewußt, er vergißt mich deshalb nicht. Das war jetzt nur so eine Zeit. Und dann hat die Mama noch gesagt, daß morgen schon Beerdigung ist, und daß wir früh aufstehen müssen. Morgen wird der Sarg mit der Birgit drin in die Erde gesteckt. Und ich habe gefragt, ob ich mitgehen darf, und sie hat gesagt, sie will den Papa fragen. Und ich soll jetzt schlafen. Ich bin so müde gewesen, und dann habe ich die Mama noch gefragt, ob ich das rote T-shirt von der Birgit haben darf, und sie hat gesagt, ich darf, und dann habe ich mich noch ein kleines bißchen gefreut, und dann bin ich eingeschlafen.

Heute Morgen ist die Beerdigung. Sie haben mich nicht mitgenommen. Der Papa hat gesagt, das ist eine traurige Angelegenheit und nichts für Kinder. Und ich soll zur Frau Müller. Das hab' ich nicht richtig gefunden. Mama und Papa sind schon vor mir aufgestanden und haben sich ganz schwarz angezogen und die Oma auch. Und beim Frühstück hat es dauernd geklingelt, und Leute haben viele Blumensträuße abgegeben. Die waren für die Birgit. Die werden dann auf ihr Grab gelegt. Ein ganz kleiner, ganz bunter Anemonenstrauß ist auch dabei gewesen, und die Mama hat gesagt: „Das ist der Strauß von dir, den habe ich gestern gleich bestellt, das ist ein Gruß von dir für die Birgit." Das hat mich gefreut, weil mir die Blumen gefallen haben, aber ich hätte ihn lieber der Birgit selber gebracht. Aber da hat der Papa gesagt: „Nein, ich will nicht, daß das Kind den Trauerauflauf mitmachen muß." Da habe ich gewußt, man kann nichts machen. Und die Mama hat mir noch schnell zugeflüstert, sie legt den Strauß auf den Sarg von der Birgit und grüßt sie von mir, und alle anderen Blumen kommen ganz oben drauf, wenn die Erde schon auf dem Sarg liegt, bloß mein Strauß, der liegt dann unter der Erde, und niemand sieht ihn mehr, und er ist ganz allein für die Birgit. Das hat mich gefreut. Und dann ist mir zum Glück noch eingefallen, was ich die Mama fragen wollte, ob die Birgit auch ihr Schlaflamm dabei hat, und die Mama hat gesagt, ja, sie hat es, es liegt bei ihr im Sarg. Da war ich beruhigt. Und dann sind sie gegangen, mit allen Blumen.

Und jetzt bin ich bei der Frau Müller. Sie hat verweinte Augen und backt Kuchen für den Nachmittagskaffee. Ich helfe ihr. Und zwischendurch versuche ich, ganz stark an die Birgit zu denken und mit ihr zu reden, aber sie sagt nichts, wahrscheinlich ist sie mit der Beerdigung noch so beschäftigt. Ich muß es heute Abend nochmal versuchen, vielleicht klappt's da.

Das Mützchen von der Birgit habe ich mit runtergenommen. Ich häkele jetzt noch einen blauen Rand drum herum, das geht gut, und blau mag sie doch so gerne. Und da fällt mir ein, jetzt braucht sie es ja nicht mehr, aber ich denke, das macht nichts. Ich häkele es trotzdem fertig. Vielleicht sagt sie mir mal so, daß ich es spüren kann, daß sie sich darüber gefreut hat.